句集

酔芙蓉

大堀すが女

文學の森

序

この本の著者・大堀すが女さんを「雪解」誌で見ていて、私は長い間大変に高齢の方と思っておりました。古い誌友には俳号に、自分の実名に「女」を付ける方が時々おられたからです。数年後にすが女さんに会った時に初めて若手であることを知り驚きました。そして、すが女さんが俳句を学び始めたのは、その俳号から頷ける昭和五十一年からという長い句歴であることを、この度句集の選をして知りました。すが女さんの俳句とのかかわりは結婚された時からで、嫁ぎ先のご両親が俳句をされていたという、極めて自然な成行きであったようです。
すが女さんは教師をされていて、第三子をもうけられたあと一層に多忙となった頃、公民館での俳句講座に出るようになり、その後、勤務先の都合で移った小倉のお寺で行われていた俳誌「木の実」の句会へ出席をされるようになりました。「木の実」は「雪解」の僚誌のような結社で、その「木の実」の主宰であった向野楠葉先生（「雪解」の主要同人であった）の指導を受けるようになり、平成六年に楠葉先生が亡くなられた後には、河野頼人主宰（「雪解」同人）の指導を受けられました。医者であった楠葉先生、国文学者であった頼人先生という、恵まれた師の下での初学時代があったことは幸いなことでありました。更に両先生が「雪解」の主要同人であったことも、「雪解」とのご縁が自然に出来て行ったことでありました。

鐘供養終へし山門初音聞く

露草の瑠璃とびとびに茶毘のみち

麦は芽に吾子の入学通知来る

卒業の証書の印の濃く淡く

道草の子に斑猫の光り飛ぶ

霜焼の手の鍵盤をはみ出して

黄砂降る転勤通知二三通

日々孵る鈴虫愛し霧吹きす

寝ねし児の爪切る夜更虫すだく

無法松諸肌脱ぎし初芝居

読みさしの書に積む埃十二月

なほつづく家庭訪問菜種梅雨

大夕立新居の石を洗ひをり

分身の眼鏡休ませ虫名残

稲架襖小学生の列かくす

黒帯の拳を海へ寒稽古

夜なべして作る小道具文化祭

手を焼きし子ほど泣きをり卒業子

学業に見せぬ器量や文化祭

教師吾も端役につきし文化祭

医書俳書残して黄泉へ涅槃西風

子育てと教師、そしてよき家庭人である生活が良く解る句の数々であります。時間をやりくりしての句作には、緊張感と共に、子供の教育に携わることでご自身を磨かれている人生の中で、最も充実されていたであろう日々が窺われます。

「雪解」へのご縁は、平成五年井沢正江主宰の頃でした。北九州で行われた「木の実」五百号記念大会に出席された正江主宰が、ご不自由な体で杖をつかれて壇上に上がられ、「雪解」の作句の指針について話された時の矍鑠とされたお姿は忘れられないと、すが女さんは言われます。
その大会で、

斜かひに下がる遮断機日短

で正江選に入選、そして、

埋火や師の説く写生肉とせむ

と深く心に誓われました。
しかし、多忙であったこの頃、「雪解」へは月々の投句をすることが精いっぱいで、句会、吟行までは手が回らなかったようです。

囀や久闊ほぐす般若湯

蘆の角水に力の湧いてきし

鬼杉のあたりもつとも青嵐
梅干すや三日三晩の皺いとし
菜の花や沈む夕日をとどめをり
子をあやすごと酵母守り寒造
藩校の開かぬ黒門落葉舞ふ
名草の芽子はそれぞれの性を秘め
蓮咲かせ赤米育て土井遺跡
恙なき一日の奢り酔芙蓉

その後、「雪解」が茂惠一郎主宰になった頃には、お子さんの成長、仕事への余裕などが出来、一泊の旅ならば可能となり、初めて倉敷での同人総会に出席、これが「雪解」の全国大会に出席された最初であったそうです。この時に私はすが女さんに初めてお目に掛かったことかと思います。こんな若い方だったんだ、と思ったことを記憶しております。
言葉の斡旋の巧みさ、緻密さは国文学科出身ということから頷けることです。また、初学当初から格調の正しさと抑制された詩情が感じられること、そして俳句の立て付けの良さが思われます。どの句からもすが女さんの姿の確かさが予見出来るのです。

泡立草嚙みて止りし草刈機
一名の遅刻もなくて大試験
アトリエの日高ふとりて夏果つる
日に四たび上がる跳ね橋銅鑼涼し
紅を濃く引いて恪勤五月晴
梅東風に嵩なす絵馬の鳴りやまず
茅花長け古墳の口を塞ぎたる
父は大子は特大の宿浴衣

菰ぬちに風をあたため寒牡丹

その後は、私が北九州に行っての吟行会、横浜での八百号の全国大会などですが、すが女さんとは度々お会いするようになりました。

ぬか床の弾力確か春の闇
囮鮎つけ替へて瀬のひろごりぬ
還暦のひびき嬉しく青き踏む
弟子集ひ旱続きの碑に献酒
秋の鯉ゆるりと一つ泡を吐く
職引きて甘茶の杓の列にあり
職辞して朝寝を犬に起されし
長男の娶りめでたき今朝の春
恙なき人間ドック屠蘇を酌む
金木犀こぼるる日なり子の嫁ぐ

学問の神の早梅こぞりけり

「木の実」主宰であり、九州地方で爽雨時代から「雪解」の主要同人でもあり、医者であった向野楠葉先生は、「予後というのは医者の側から言う言葉で、患者の側から言う言葉ではない」とよく言われたそうです。作句に直接かかわる言葉ではありませんが、忙しい日々に、俳句をやめるおそれを絶えず抱えていたであろうすが女さんに、人生を経てきた師のこういう言葉は、その爽やかな成熟に、目に見えぬ大きな力であったことかと思います。

また、楠葉先生亡き後の頼人主宰は国文学者であって、言葉の造詣深い先生から様々な貴重なことを学ばれたということです。

句会、吟行への時間が自由になったすが女さんの俳句は、様々な対象との触発によって自在に変化をする発想が見られ、新たな自己発見もありました。それが安定した作風に動きをもたらしたことは、言うまでもありません。

花の雨たちまち膨れ窓伝ふ

血圧に一喜一憂木の葉髪

冬帽子日課の散歩励みをり

白髪に老いたる母の涼しかり

その中に御座船もあり先帝祭

古町や路面電車の音涼し

鉄都なり坂の町なりもみぢせり

玄海へ流れて鐘の音の涼し

点滴の遅速をながめ梅雨を病む

着ぶくれて夫の愚痴きく罹災せり

金鈴子十歩で渡る石の橋

厄年の子と祓はれし初詣

英彦山の源流近し樗咲く

郭公のあとほととぎす深山なり

すが女さんの句集の選を通して思ったことは、とにかく衒いのない句の誠実さを感じました。長い間の教職の中で、子供達に心を寄せつつご自身を磨かれたことからでしょうか、単なる感覚だけで受け止めるのではなく、対象物の本質を把握されておられることを思いました。

この度の句集上梓は、共に教職にあったご主人が長い間研鑽をされていた美しい絵が添えられての刊行となり、社会的に勤めを果たし終えたご夫妻の充実した一書になりました。これからも健康に留意され、更なる一歩を加える挑戦を期待して、序文とさせていただきます。

平成二十八年六月十二日

古賀雪江

句集　酔芙蓉＊目次

装画・口絵　大堀紫光
装丁　宿南　勇

句集

酔芙蓉

初音聞く

昭和五十一年〜五十九年

山水に替へし掛軸夏座敷

露草の瑠璃とびとびに茶毘のみち

石蕗の茎伸びきつて花開きけり

麦は芽に吾子の入学通知来る

春淡しケースに並ぶこけしの目

春めくや繭纈の蠟伸びやすく

吊革の捩れて止る梅雨のバス

子の丈に雁来紅の燃ゆる郷

三法印問ひ盆寺の客となる

関門橋渡る間のみの吹雪かな

卒業の証書の印の濃く淡く
フリーバス降りて梅見の客となる

道草の子に斑猫の光り飛ぶ

背伸びして風鈴の舌読んでをり

初漁のエンジン離る番所跡

鐘供養終へし山門初音聞く

藤房の長短ありて垂直に

献立は隣もカレーキャンプ村

犬のみが車に酔ひて盆帰り

ほろ酔ひの箸にかからぬ零余子かな

句碑の背に川の水照り小六月

顔見世の立見切符を買ふも旅

ひつぢ田は保存田とかや去来庵

霜焼の手の鍵盤をはみ出して

黄砂降る転勤通知二三通

緋牡丹の彩しぼりつつ雨雫

掛軸を兜に替へて菖蒲活く

芽木明りして顎動く翁面

宝物館入るや囀遠ざかる

皿の籾芽の出揃ひて退院す

疲れ鵜の細きうなじや宴果つる

枯蓮の種は古墳に得しものと

絵ガラスの聖母の顔ゆ初明り

ザビエルの塔の十字架初鴉

素描するその間も変化夕牡丹

夜店の灯取りにお濠の源五郎

日々孵る鈴虫愛し霧吹きす

神の意の花の遅速に菖蒲池

木の葉髪踵の低き靴に慣れ

無法松諸肌脱ぎし初芝居

聞酒の賞品も受け旅の春

一枝の揺れの大きく鳥交る

びらう樹の島に灯のなし月見草

夕焼の中に青島すつぽりと

寝ねし児の爪切る夜更虫すだく

ふくらみし手擦れ歳時記秋深し

杉苔を褥に椿うらおもて

破れ屏風めきて孔雀の羽抜せり

秋蚕食む桑も小ぶりになつてきし

読みさしの書に積む埃十二月

日短

昭和六十年〜平成三年

写経終へ僧が案内の蟻地獄

凧揚の高さに海猫の飛び交へる

姉の丈抜きし弟立葵

立札に牛馬優先阿蘇登山

外国の残暑見舞に地図広ぐ

片親になりて熱燗控へをり

下萌や地鎮の槌を弾み打つ

米と酒こぼし祓ふ井梅寒し

木の芽和母には母の生活あり

大夕立新居の石を洗ひをり

稲架襖小学生の列かくす

壁掛の迦楼羅面入れ初写真

惜春や老木石に支へられ

相輪をうづめ残して樟若葉

夏草や目鼻も分かぬ風化仏

神名備の闇を揺るがし薪能

まどかなる京の訛や添水鳴る

紅葉且つ散る哲学の道長し

菩薩よし庭よし京の暮早し

黒帯の拳を海へ寒稽古

満開の梅に一重も八重もなし

なほつづく家庭訪問菜種梅雨

学長の式辞簡潔花に歩す

白絣夫の青春吾は知らず

文豪の若き写真や白絣

蕗の灰汁隠す術なし指輪抜く

屋敷ぬち巡り夕餉の蕗を摘む

まほろばの発掘の田も墓参道

山門をくぐる一歩にちちろ虫

小鳥来て弟子来て句碑の華やげる

句碑三基霧の晴れゆく豊前坊

夜なべして作る小道具文化祭

斜かひに下がる遮断機日短

芳一の弦なき琵琶や椿落つ

草餅や大字小字のこる里

鳩の食ぶ久女の句碑の雛あられ

隣りあふ一社一坊芹の水

濃く淡く峡の茶畑みななぞへ

神木のみくじの反りも炎天下

河骨に触れもし渡る神の橋

新涼や働く意欲湧いてきし

分身の眼鏡休ませ虫名残

手を焼きし子ほど泣きをり卒業子

朗報を運び来し東風絵馬の鳴る

書込の文字懐かしき曝書かな

昏さとは涼をよぶもの神の水

学業に見せぬ器量や文化祭

教師吾も端役につきし文化祭

戸の溝に蠟ぬることも年用意

酔芙蓉

平成四年〜九年

赤き毬止りしところ犬ふぐり

芳香は開花の兆し女王花

髪乾く月下美人の開く間に

柿大樹城なきままの城下町

鷹匠の自慢話やかつぽ酒

掛軸の鶴の放ちし淑気かな

万葉の恋の二巻を読始め

囀や久闊ほぐす般若湯

揚雲雀とても一羽と思はれず

蘆の角水に力の湧いてきし

水底にとどく日のあり蜷の道

名草の芽子はそれぞれの性を秘め

医書俳書残して黄泉へ涅槃西風

鬼杉のあたりもつとも青嵐

教へ子の礼深々と慈善鍋

鯛の目の並ぶ吸物お正月

大方は殻よりこぼれ蜆汁

ダムとなる今年限りの河鹿宿

まほろばの塔より四方へ稲雀

玄室の霊気を秋の声と聴く

ちちろ鳴く古墳の闇を震はせて

相輪の弾く初日をまぶしめり

手繰舟朽ちし湖畔や花馬酔木

梅干すや三日三晩の皺いとし

宮畳上げて卯の花腐しかな

蝮草大葉となりて威の失せし

蓮咲かせ赤米育て土井遺跡

別れては花野の馬車の駅に会ふ

おもかげを碑文になぞり秋惜しむ

子をあやすごと酵母守り寒造

菜の花や沈む夕日をとどめをり

動くともなき観覧車花ぐもり

金の蜂吐きて藤房揺れ止まず

質店の入口狭し一葉忌

埋火や師の説く写生肉とせむ

日輪の乳白色を鶴舞へり

初雪に相の変はりし庭の石

天平の塔の上なる初鴉

ほろほろと名残の梅や宗祇の碑

涅槃仏あうら大きく見せたまふ

涅槃図の白象の舌真くれなゐ

お手植の松の芽をあげ法隆寺

この寺に炎上の過去陽炎へり

藩校の跡の黒門昼の虫

恙なき一日の奢り酔芙蓉

竹の春

平成十年〜十四年

菰ぬちに風をあたため寒牡丹

御田植の乙女の笠の浮き沈み

三方の玉苗一の田二の田へと

泡立草噛みて止りし草刈機

胡麻刈つて一日を畑に干しにけり

自然薯を掘りし土らし湿りあり

神酒注ぐ碑うら碑おもて竹の春

お茶室を巡る小流れ梅早し

一名の遅刻もなくて大試験

時差ぼけの顔も加はり夕端居

アトリエの目高ふとりて夏果つる

棟梁の台風見舞屋根に乗る

還暦や子らと互角に菊の酒

日に風に干す柿細り諭吉の居

桝酒の振舞もあり初神楽

梲あげ千軒家並木の芽吹く

日に四たび上がる跳ね橋銅鑼涼し

紅葉冷迂回してゆく茶毘の径

秋時雨父の遺影を濡らさじと
連なりて古墳の山の深眠り

宅配の東奔西走年つまる

初釜や重ね茶碗の金と銀

老幹にみなぎる力梅真白

巣づくりの鳶の落せる春の泥

宮参り黄心樹の花こぼるる日

紅を濃く引いて恪勤五月晴

小座布団梅雨じめりして芝居小屋

青嶺分け登るケーブル垂直に

田植終ふ安堵に母の喜寿祝ふ

法師蟬山の深さに鳴きつぎし

社宅跡分譲となり鳥渡る

号外に皇女誕生街師走

ラクダめく由布の雄姿や初日影

青竹の茶筅めでたし初茶の湯

蕗の薹見つけしここも寺領ぬち

梅東風に嵩なす絵馬の鳴りやまず

花ふぶき両手広げて駆けだす子

落花舞ふ山に風みちあるごとく

法螺貝の朱房の列や草萌ゆる

花の茶事お城の鯱の晴れやかに

茅花長け古墳の口を塞ぎたる

梅雨寒や死の装束は縦結び

明易の散歩をせがむ犬の声
父は大子は特大の宿浴衣

境内に土俵しつらへ里祭

里神楽

平成十五年〜十九年

花筏崩すは鯉の仕業らし

小倉城昼夜わかたぬ花の宴

ぬか床の弾力確か春の闇

掛軸の兜に風のありやなし

囮鮎つけ替へて瀬のひろごりぬ

グライダー弧を描く下をあきつ群れ

小春日や学びの庭に祝の茶事

七五三手形の絵馬も並びゐし

長男の娶りめでたき今朝の春

恙なき人間ドック屠蘇を酌む

空くじのなきがめでたし十日戎

袈裟がけに山藤陶の里山に

鐘の音に走る湯樋や伊予の春

還暦のひびき嬉しく青き踏む

愛用の靴紐しかと青き踏む

天平の礎石発掘地虫出づ

牡丹を豊かに活けて城書院

還暦を自祝の宿の若楓

満開の浜木綿打ち上げ花火めき

弟子集ひ旱続きの碑に献酒

霧ごめの英彦山連峰法螺こだま

秋の鯉ゆるりと一つ泡を吐く

筆塚の彫の深きに春の雨

職引きて甘茶の杓の列にあり

帯高く結ひ賀にありぬ竹の春

金木犀こぼるる日なり子の嫁ぐ

霧雨にけぶる由布岳神々し
霧襖由布はまことに盆地なり

炉開の庭に来てゐる尉鶲

男体山雪明りして鳶舞へり

能舞台設へもあり梅の宿

職辞して朝寝を犬に起されし

袋角一群の寄る朱の鳥居

日照雨して不忍の蓮紅を濃く

阿羅漢ののけぞる頭上法師蟬

漱石の泊りし離れ小鳥来る

小春日や障子を打てる虻の影

鴨がゐてかいつぶりゐて水平ら

学問の神の早梅こぞりけり

家解かる空地にはやも犬ふぐり

霾ぐもり国民保健の手続きに

神主の篝火を守る里神楽

花の雨

平成二十年〜二十七年

冬日燦鷗は空に鳩は地に
寒禽の鋭き声残し姿なし

花の雨たちまち膨れ窓伝ふ

まさをなる花の空なり城下町

手にほぐす土匂ひけり夕薄暑

墨絵めく森より螢湧き上り

観音の千手梳くごと若葉風

血圧に一喜一憂木の葉髪

浮橋に寄りくる鯉や蘆の角

小綬鶏にはやされてをり森の句座

まほろばの塔より渡る青田風

藩校の開かぬ黒門落葉舞ふ

冬帽子日課の散歩励みをり

満開の梅の一樹に鳥群るる

近道のつもりが迷ひ花の山
相輪のどこからも見え青き踏む

青鷺の太き濁声樹を離る

白髪に老いたる母の涼しかり

長き夜の露天湯へ行く下駄の音

小春日や名画に心足らふ旅

小春日や塔の秘仏に風通す

水かきの足ちらちらと鴨の陣

初鴨の五六羽なれど陣をなし

魁けて黄の花多き庭の春

その中に御座船もあり先帝祭

古町や路面電車の音涼し

梅雨曇り英彦山の山容定まらず

ひらがなの書けて園児の星祭

稲架襖棚田一枚ごとにあり

新松子塗装の足場組み上る

鉄都なり坂の町なりもみぢせり

日本丸借景に撮る着ぶくれて

風鐸の鳴る日鳴らぬ日梅咲けり

紅梅や声のはなやぐ野点席

春の雨久女多佳子の碑を濡らす

一山の神域なりし落花かな

苜蓿グランドゴルフ始まりぬ

落梅や捥ぎ尽くせると思ひしに

玄海へ流れて鐘の音の涼し

浜木綿や昼の灯台よそよそし

雲の峰ドームに焦土の名残あり

仁王門くぐりし一歩ばつた飛ぶ

この墳の裾は間道ほたるぐさ

群青の空にそびゆる冬の鯱

炉話や鑿跡荒き天狗面

初雪や古墳は暗き口を開け

梅寒し出店のせいろ湯気立つる

桜蘂降りつぎ馬の小さき墓

練雲雀塔より高くたかく消ゆ

夏椿一花二花咲くあとどつと

点滴の遅速をながめ梅雨を病む

白秋碑雨情碑巡り秋思かな

罹災して眠れぬ夜々や冬銀河

着ぶくれて夫の愚痴きく罹災せり

大寒や僧の真綿のちやんちやんこ

焼跡の冬木にしかと芽吹見ゆ

群青の工都の空や梅真白

隠沼に音のしきりや夏来る

弾薬庫あとの歳月虫浄土

館の池ささ濁りして式部の実

金鈴子十歩で渡る石の橋

厄年の子と祓はれし初詣

日輪を真綿抱きして冬の雲

初午やたすきの禰宜の火を運ぶ

孕み猫ゆさりと塀を越えにけり

練雲雀空に天板あるごとし

英彦山の源流近し樗咲く

園児らの熟寝の刻や合歓の花

郭公のあとほととぎす深山なり

船虫の逃ぐる速さも馬関ぶり

新松子天蓋として雨情の碑

句集　酔芙蓉　畢

あとがき

この度は、古賀雪江先生の御温情により、私の拙句と主人の絵を一冊にまとめて、雪解選書にて上梓していただくこととなり、心より感謝いたしております。また先生には御多忙にもかかわらず、選句、句集名、さらには過分なる序文まで賜り、衷心より厚く御礼申し上げます。

私にとりまして句は日記のようなもので、一句一句からその時々の様々なことが思い起こされ、かけがえのないものになっています。

思えば、たどたどしき句作の道を今日まで導いてくださいました、今は亡き「木の実」誌の向野楠葉先生、河野頼人先生、「雪解」誌の井沢正江先生、茂恵一郎先生、そして現主宰の古賀雪江先生の御指導の賜だと思っております。

また、椎木万紀子様はじめ多くのお仲間に恵まれましたことも幸いでした。これからもたゆまずに句作に精進していきたいと思っております。

上梓にあたりまして御高配いただきました「文學の森」の皆様に、心より御礼申し上げます。

平成二十八年六月

大堀すが女

著者略歴

大堀すが女（おおほり・すがじょ）　本名　純子（すがこ）

昭和19年４月28日　福岡県行橋市に生れる
昭和51年　「木の実」入門
　　　　　向野楠葉・河野頼人に師事
平成５年　「雪解」入門
　　　　　井沢正江・茂惠一郎・古賀雪江に師事し現在に至る
平成12年　俳人協会会員
平成15年　「雪解」同人

現住所　〒824-0121　福岡県京都郡みやこ町豊津77-1

句集　酔芙蓉

雪解選書三五四
発　行　平成二十八年八月三十一日
著　者　大堀すが女
発行者　大山基利
発行所　株式会社　文學の森
〒一六九―〇〇七五
東京都新宿区高田馬場二―一―二　田島ビル八階
tel 03-5292-9188　fax 03-5292-9199
e-mail mori@bungak.com
ホームページ http://www.bungak.com
印刷・製本　潮　貞男

ISBN978-4-86438-567-1　C0092